歌集

かなしき玩具譚

野口あや子

Noguchi Ayako Kanashiki Gangutan

短歌研究社

目次

かなしき玩具譚

装幀　菊地信義
写真　白田利夫

かなしき玩具譚

携帯電話

わたくしで世代をくくるが役目なりチェーン細きを朝光《あさかげ》に挿す

街が吐く音が聞こえるざあざあと同級生に居場所を聞けば

とどまることを目的にしない機器ありてわたしの場所をオレンジにする

「そこまではできないけれど」うらやましいひとりの頰をスクロールせり

笑わなければ理は勝るかな濃緑のマーカーでひく桁は四桁

とりいそぎ歩いて褒める文字列を英数タブにて変換したり

「休憩中」に似合う絵文字を考えて考えていて休憩おわる

するまえに検索をして一番上にでてくる名前で抱きしめていて

ぱくぱくと四つの数字触れさせてそれですべてをきみに言わせた

終電を知らせてあげる羊、羊、ひつじたち数えあっておやすみ

どくきのこに餌を与えるアプリもてきみにすこしを語らせてみる

あちらです。わたしの追憶が正しければ。でも再起動してください。

そのあたりにサークルKが左で、そこを右にすればすぐです。

会談で踵の高い靴などにご注意ください。ユーザーと合わない恐れがあります。

うらわかきひとにほかなしわたくしに耳まで濡らして明け方を言う

弄らないでと言えばわたしに意味なきを、たとえば安否にただ握られる

大丈夫、を何度届けたか知らず　ますらおにつく絵文字の花も

現代に益荒男《ますらお》おればー晩をわれかがやきて眠らせはせず

わがうちに漱石の記はかがやきてゆびとゆびとで圧し広げらる

ぷちぷちとしゅっしゅを使い分けつつも意思は毛根ほどのこまかさ

ストラップ買う買わないの揉め事のそふとくりーむ溶ける固さだ

お守りをかける厚さにぴったりのだいがくせいの耳のかたちを

ああこれは、どこかでだれと　天然石うすぐもりつつひかりたるかも

ストラップの紐でとめたるストラップ産むことのようにしどけなくあり

通話料金わらわらとして短さに笑いを足して切ること多き

イヤリング肌にあたってすこし痛い、電池がもつか微妙な夜に

「会いたい」を聞いて飛び出す。財布だけ持ってあなたは深夜の街へ

こゆびより小さきボタンを長く押し、こうしてきみは時間をつくる

きみがいない日々など考えられないと複数人にいわれる幸よ

てのひらに収まる機器を見つめつつ全能の季《とき》はさびしからんか

マスカラ

まっくろなふさふさにあてるブラシもてあなたの闇を引き延ばす　さらに

黒々と昼のあなたを濡らすから夜に帰しておくれぼくらを

めいべりん　華やかなほど哀しくて少女らのすべらかな脚つき

ロングとかボリュームだとかあなたってぼくのさみしさひけらかすばかり

相聞に眉をしかめる男いてそのひとの眉ほとほと野蛮

既視感《デジャヴュ》、その売れ筋なれる言葉ゆえあいまいになる戦友のおり

今月のＶＯＧＵＥのモデルのまなぶたを美しくする修羅の秘訣は

あなたはぼくをためしてるのねざりざりと上下させてるちいさなブラシ

空いている電車ですこししてみたっけ　あなた　みられているよこんなに

あなたのママのべらべらのまぶたの上にのることがないぼくは汚い？

美しさという執念の一本をポーチの中からひらりと出して

ビューラーの金属光は相聞の拷問器具になりにけるかも

見たくないものがあるのね日傘みたいに睫毛の上にレース重ねて

ふるえたる睫毛つかんでひきあげる黒い繊維のかざりざらざら

パソコンに恋人・友人、スイーツをまじまじとみて爛れてかえる

ぼくたちをカタログにしてはしゃぐほど今月あなた疲れてるのね

伏せた目にこぼれるなみだかなしさもつねに無色でいられないこと

落ちにくいぼくと落とせない男嬉々としてただネタにしてくれ

ばりばりの僕の残滓もそのままに眠ってしまうわがこいびとよ

だまにならぬように楚々ととかしたる周到な恋はおそろしきかな

さやさやとのせてみたラインストーンの重きひかりを抱えて飛べり

【つけまつける】付け睫毛《つけま》のきゃりーぱみゅぱみゅが女のぼくを軽蔑してく

つーけまつ　ーけまつけ　ときに張りぼてになる世界と知れど

「すっぴん」といえば楽しく　少女らの陰口などをきいていたりき

睫毛のきわにうっすらひけるインクかな　バイアスのある視点ではあるが

呑むことをしないまぶたのかなしかり　媚びない美などとあなたはいうが

泣くときに涙袋を押しながら憎しみはおさえているのを知ってる

無人島にも連れて行ってよ　ぼくたちのこころおきなくやさしい芝居

あかるさに染まりたいのに沈みゆく銃のなかには情念がある

リトル・ブラック・ボーイ　世紀の発明はときに女性を狂わせにけり

おしゃれキャット

耳の、痒み。そのすべからくかゆくなりかゆくなくなり主人は去りぬ

かゆいかゆいあの子の腕も猫じゃらしもペットフードも役に立たない

苺ジャム、こんなにおいしいものはない　あなたの髪に塗ってあげたい

トイレの掃除をしてもらう真夜　飼い主は明日もふつうに生きているかな

ねこ缶の音にはしればはしるほど　構造って大切なのかしら

おかあさん　ペットフードを作らない猫のあなたを認めています

繋ぐ手を糧としながら水分のすくなき蓮華ばたけのそらは

外回りのおしゃれなあの子は片耳がかっこわるいのがなおかっこいい

キャーキャー言うのはイケメンだけど安パイは「ノンタン」だとも分かっているわ

ひげ、その細きふるえのさきの暗澹《あんたん》のどうにでもなる絹ひもむすぶ

石鹸を換えたらこんなに変わるんだ！　毛並みつやつやしっとりまとまる

触れられたいわけでもなくて触れられてこの肉球の快楽《けらく》の淵は

まず鼻をかゆくなくする　勉強なんてそんなにがんばらなくていいのよ

ふっさりとあったかくってどうかいましっぽに無限の表現力を

のせられてもなめられても別に気にしない　尻尾にリボンを結んでもらう

読者モデル目指してるから新聞のうえにうんちするのが癖です

ひるがえりひるがえりして螺旋なる　がいとうの蛾の泡立つほどに

あるある！　と言いまくりたる女子会で食べてるこれはねこ飯ですね

気まぐれを貶すのならば気まぐれに毛並みを逆立て応戦するわ

感覚、このうつくしきねこ髭であらゆるひとへ軽蔑をあげる

たんたんとしっぽを床にうつときの無聊の気持ちのサーモンピンク

抒情的なこの現実にすべりこむ　猫ということは権力である

耳を閉じたり耳を上げたりするように酸いも甘いも食べたいものを

きみが好き　濡れてる鼻をすりつけて心音のままの匂いを吸った

ほのあかい鼻をひやして追い風が運べる発情の香につつまれる

撫でられて咲く耳だからそよ風のままのピアノがいちばん好きよ

友達に励まされてはないているじぶんひとりじゃいきていけない

頑張ってる女の子とか辛いからわたしはマカロンみたいに生きる

なるししずむというささやきよいつまでもじぶんのためにいきていきたい

積み上げし学歴あるいは履歴書のうえにあぐらで書く「かわいい」を

ミシン

三十秒で縫い上げられる薔薇刺繍街灯の下をあゆみはじめぬ

上糸と下糸の間　断ちあげし布の一枚ゆらりと飛べり

健気なる思考ののちに縫い上がる使いづらくてはなやかな詩は

ぐわざりん　筋違いなる相聞をそのままにして縫いおわりたる

あかあかと縫いあげたるも数秒ののちに飲みたるりんごのみずは

はじけ飛ぶ刃の細きしろがねは床板にありてわが脚を刺す

むかし殺めし少女の重さ運ばれてわれは押し入れにおさまりており

針穴の向こうに見えし煉獄をふさぎて縫いしうすものどれす

醜さをわらうこころは内臓へ流されていくサファイアのごと

つむがれてつむがれてなお一糸なる男を断てばよろこびは勃つ

沸かしあげたる麦茶のなかに墜ちていく無数のわれの逆子のごとし

こぼれれば拭くいのちかな薄布巾でこぼれしたたるsalaryを拭く

労働の塩をうたえる男いて砂糖まぶした肉われは焼く

一語に紡ぐ一語意味なし　圏内の萌《きざ》す携帯だらだら愛す

赤・ピンク・ブルー・紫　いとほそく女性《にょしょう》であればゆめゆめ織物《テクスト》

魔物なら魔は使うほか生きられず　保険屋の利く範囲さびしえ

魔性ならなおさびしかり　孤独死を範囲に入れて巨峰購《あがな》う

指先にあぶら塗りつつその指で夫の睫毛をなおしていたり

薔薇の脂さくらのあぶらてのひらにすりこみたればにおいたつかな

刺繡のごときこまやかな傷ありしこと夫さめざめと傷を撫でいる

たぶらかしたるおとこの文を探しつつ大晦日の夜には出掛けたり

テレビジョンの美男をひとり夢の中に現わしたればもてあそびたり

指たててふれたるのみよ　赤子ひとりうまれたるそのゆえを言いたり

はいと押せばできあがりたるよ薄雑巾　女は怖いなどと言われても

処女地なるわが犯罪歴きらきらと履歴書にその記載欄なし

きみがためティファールで湯を沸かしつつこれはあらびあよりきたる豆

しぼりきるマヨネーズから庭鳥の声がひびいて朝の赤茄子

みずからにほほえみかける試着室、否、あなたと試すまいにち

上糸と下糸のその出会いのごと交接というこのつつましさ

交接のさなか聞こえるすずのおと　わたしはほかの星から来たの

ギター

サングラス後ろ手にして退勤す　俺の天下は炎天下なり

しわがれたプードルに似て高架下にうちすてられた雑誌を読めり

地下鉄の車窓に毛先をいじりながら俺は俺をチューニングするのだ

にらモヤシ卵炒めのからまったままのようなる街灯をみる

ささやかにすりきれていくジーパンに冷たい指を挟ませていた

月末の食費のように握りしめるピックの簡素ないろとかたちを

ネクタイを留めた指から蝶々が湧きでるような恋だったこと

濁点の抑えぎみなる雨音がうえからしたへ　ながれゆくまで

ひといきで弦を弾くごとウィルキンソンとマルボロを買う　月が見えない

ボールペンをすばやくもどす受付のひとを相手に会話していた

タンバリン決して振らない友人のミスターチルドレン　さみだれ

メランコリック・サイケデリック・エスケープ　花輪《フラワーリング》を片手で握る

あじさいの蕾を燃やしていた君へ教えたいロックンロールがあること

Babyと呼んだことが一度もない　それでも俺は空が好きだよ

ジャッキゆるめて逢える逢えない青空に空転をした月が浮かぶよ

きみの肩を抱えてはしる坂道の心臓《ハート》はひとりきりのアンプだ

歯間から中華の匂いをさせているきみのうなじを梳きあげている

きみという楽器の疼きはせつなくて曲調をすこしずつ変えてみる

女性用シャンプーのくびれのごときやさしさにすこし戸惑いながら

口についた唾液を僕に拭わせる　きみは今僕に恋をしている

水道水に濡れるグラスに口唇《くち》をあて　ブリリアントでエゴイストなきみ

黒髪を肩のうしろに持ち上げて鏡をのぞきそれっきりだよ

押さえ方から間違えてると言われたるスリーコードのように失恋

少女みな薄色のシャツ、地下鉄のひかりをゆらす風つきぬける

友人の鼻から鼻へとながれゆくうどんのような猥談だろう

揚雲雀なる感情は「夜明けまで呑みたい」というあれのことなり

コースターの染みをしずかにたどりつつ交わす言葉はringのようだ

コンビニの深夜バイトのくちびるがゆっくりひらき朝焼けになる

すべての楽器のもつ空洞のことなどを伝えたいお前のアパートへ行く

この街はいつか燃えてなくなるだろう　そのときにもういちど逢いたい

睡眠薬

コンクリート打ちっぱなしに春菊をなげつけ次に誰を愛そうか

砕いてはゆっくりと嚥む硝子片　あなたのてくび　あなたのねいき

あしびきのながきスカート巻き込んでシーツのなかにらんらんと眼は

玄関の鍵を回して玄関に朝のひかりを突きさしている

いばらもようにみちる手帳よ　ゆるしたる友人と会う予定を組めり

約束をとかした指でちぎりたるパクチー、こころばかりが亜熱帯

牛乳のパック抉じ開けて　愛してる、抉じ開けていくほど満ちていく

鬱鬱鬱とひしめくあおき生ゴミを捨てて夜明けに出奔したし

すばらしき精子のように追ってくる音楽として椎名林檎《りんご》を聞きぬ

「幸福論（悦楽編）」のリピートのままにもうすぐあかい夜明けだ

カメラ屋の階下の茶店修羅修羅修羅と甘い珈琲喉焼けるまで

胃のあたりの藍のけはいをかんじつつアパートを出る／アパートへ行く

のいろーぜのいろののうようえこみにさんこぱっくのふくろはそよぐ

桃のうぶげそよぐ世界の自転車の少女振りむきざま火炎瓶

脳髄というジャングルにときはなつ　一匹の鳩　一滴の唾

胸元にきらきらひらくサファイアの傷もののゆえの外的世界

短銃にしなるスカート　のどぼとけなきあなたでも[redacted]してあげる

きみのこころに性器やどらず現実はこんなにも痛く快楽まみれ

お湯飲んであなたは笑う　Tシャツのリブの部分のしめりたるまま

ポテトチップスの遺骨ひびいて街灯はこんなにもこんなにも帰ろう

ビニールに萎える三つ葉の濃緑の　来世は洗濯ばさみでありたい

どこまでも根絶やしにして　ミント鉢、せいしん、夜をまっていました

剝げているペディキュアのぶん軽いからどこまでもいける　だとしても、だめ

わたくしのこころのせすじのびるまでうしろから抱くこいびとだろう

薬液のまざる／産まざる／交わらず／／攪拌されてゆるしてしまう

たとえ夜が虚構だとしてくらやみの喉にキャラメルからめとられて

神経をゆびのさきまで塗り込んでひらく　もとから弱者であった

ああだけど■しいきみにそんなことできないセロリの筋を剝がして

明日またふたたび死ねるはずだから　さようならママ／／／おはよう世界

はるしおんしずかなはるにでかけよう緑のバスがぶれてひかった

スケバン刑事

父は殺され母に売られて刑事《デカ》になった　でも振りまわす側に立ちたい

たぐり寄せれば手に入るこのかんけつな暴力、あるいは愛が欲しくて

快楽に取り引きされるアタッシュケース　この学園は薄汚れおり

しりつたんていしりつがくえんきらきらとせっけんくさきうそくさき香は

さもしさは学歴のみと思いたり　目の前に壁があればぶち抜く

壁を殴ってそのまま父に殴られる破れた壁にポスターを貼る

嘘が吐ける速度で走れない学歴のガソリンの中の心臓、ご覧

57577は現実にある数字　スケバンとしては虚数が憎い

破れた壁に貼ったアイドルポスターが憎くて今度は千切って破る

傷だらけ、という言葉は精神好きの証拠　破った壁は直せよ

学歴は二の次にして腕力でモテるひとたち　獅子《ライオン》、カムヒア

描くほどに眉は細りぬ　理不尽をかなしみというひとの多さに

boとdoの差が分からない私でもわかるお前の最後はひとりだ

留年と決闘をくりかえすうち突如、出家したくなる

自己批判に金玉がない　そのことを教養などと言っているなり

浮気相手になって欲しいと言ってくる　教養生まれ教養育ち

ふりまわした先から戻ってくるような、つまりヨーヨーのような男、好き

リンチさえ考えたことがないおみなごが痛々しい、とすり寄ってくる

殴られてせびられてなお悦べる同類を助けはしない　お往きよ

「身体《ボディー》にしときな」とマスク越しに言う、自己分裂くりかえしたる高学歴に

反骨精神、嗚呼この小賢しい響き　わたしは君が生理的に嫌

そこそこに頭の回るひとの意見に「モテないけどね」を付けたして、殺る

ツイッターとフェイスブックで自己実現したる学生を現実で、殺る

リンチさえ考えたことがない友人に、美味しいカフェを教わり、凹《へこ》む

いい雰囲気でお茶しておしゃべりしてるって感じのカップル、なぎ倒す

とりあえず端から全部殺りたきを　ものしずかなるおとこを殴る

即物的な偶像破壊の快楽よ　きしきしと革手袋を鳴らして

すっぽりとてのひらにある熱い塊　そういうかたちの愛だあなたは

ゆるさないまま燃えているてのひらにうらがえって鳴る銀の鈴のこと

正論でもきみでも触れえぬ場所にあるあかいかたちを守りておりぬ

ポカリスエット――師・加藤治郎へのオマージュ

砂糖水にレモン絞ってあきらめないあなたの夏についていきます

白雲に声はひろがり会いたさより無理してほしさがふくらんでいる

よく乾いたタオルのように待っている夜のふくらはぎが眩しい

昔していたと投げる白球の　父の後ろのあかるさをみる

うるおった雨の中まで駆けぬけるあなたを花びらで包み込む

アイスバー舐めてる舌よゆうぐれは罵声交じりのスモッグのなか

細切れの練習日かなマガジンの発売日など覚えはじめて

おれおれとわりこんでくるたましいよ　じゅんばんにホルダーが凹んで

くるくると栓をまわして飲み干せば放埓な夏の夢のごとしも

かっとばしたらそのあとは闇　ギアチェンジする手を見つめていればわらって

まとめてお得な日々を過ごしてあなたはわたしと砂をひろうのでしょうね晩夏

詩語ひとつ舐めかけにして満ちたりてきみのシートに眠ってしまう

洗っても洗っても野球少年のきみの靴下あらうゆめみる

逢い見てののちのこころの夏ならばポニーテールはひかりに変わる

岬までみんなで走る（ゆめだから）海に向かって大声を出す

ピアスの穴をコンシーラーで隠しつつじゅけんせいなる友達のこと

きみは背番号を熱く語って水を飲んで練習試合がはじまっていく

膝のうらに当たれば冷たきミントガム否、教頭の視線　下から

ギザ十はしまっておいて　タイムマシーンもしまっておいて、このときが好き

こいびとという語のくらさ　夜光虫ひしめく海の逢瀬のくらさ

メガホンのにおいのような生理日の（もうすぐわたしはかわいてしまう）

くびすじにつどう血管かなしかり（神社の裏でなんどでもした）

うぬぼれた爪先かわくまでの間をきみのガソリンスタンド《ガソスタ》の話を聞きぬ

ペンダントトップまみどりあかるくて水族館をぬけたここちす

髪染めのさびしさしらず友達は教育学部にすすむと言えり

白シャツから光は透けてクリオネのような身体をもてあましたり

グローブの重さを胸に感じつつ尖る時間を官能という

かっこいいからそのままさ　白球を拾いに行くほど鈍感じゃない

じゅうなな　という初句がありこいびとをこの定型におさめて夏は

自転車からおっことしたるプラスチック・ボトル、あちこちが海辺だったさ

風呂敷

風呂敷ひとつ病葉ひとつで嫁ぎたりうすうすと夜は鍋をあらえり

よく怒りよく泣きよく読みよく書いて不出来な娘でございまするが

し・に・た・いの鯛に尾頭ついておりて角隠しなどせず会いにゆく

お頭をはずして食いゆく生活のさびしからずやお頭を捨つ

背骨からするりと抜かれるわたくしのうろこをきみは漱ぎておりぬ

うろこまで美味きくにだよきみの持つ伊勢のしらべは口移しして

ああきみは馬車馬のごとくはたらけりダウンジャケットがっぽりと着て

編集者になりたかった目でナイロンのてぶくろの先咥えてはずす

眠気濃きまぶたをひらき「原稿ならまだよくなる」ときっぱりと言う

かていかていかいてかいてかいて　手帳には半休のきみ〆切のわれ

用件のみの三行半のメールあり屈強なのはいつもいもうと

あやこみなこゆうこつぶつぶならびたるおまんじゅうからひとつを食えり

うららかに搾取されゆく肉体の門をひらいて夕暮れとおす

からくさの性愛ならば　結び目をかたくにぎって冷茶を喉へ

土鳩を括るゆめのきれぎれ　あやこ、って曾祖母の声とおく弾んで

子どもはいずれ作れるからだゆったりと今日はスカート巻き付けており

赤ペンをこまかく入れて舌うちをしていつまでも非処女なること

もう見捨てられたくなくて「連作が書きたい」などと泣いてみるなり

「母携帯」はひらがな多く送信す　びっしり心配性のひらがな

うすももの鮭の骨剝ぐくちもとは　だから　あなたも　産め　というなり

あれは星、あれは悪意とおもう夜の発泡酒など選びておりぬ

きみの昇格の不安を聞きながら環状線にひかるオレンジ

なれあいの仕事・できあいの箸休め・男親だもの複雑だって

平均的なものがたりです　爆発をしているデスクトップをひらく

もはやあえないひとりをおもう階段のひとつひとつがこどものなまえ

生活ありこまごま包めばせつなくてせつなくて飛ぶしらとり十羽

恋愛も結婚もしてきみが眠ればしたたかにみずの音する

情念をすべて均しててのひらにつま、と小さく畳まれるべし

家事・〆切・出稼ぎ・月経、お荷物をとられればつんつるてんの風呂敷《わたくし》

でもどうせ生きたいからだ　バスタオルで包みさしだすわたしのからだ

あとがき

男性と恋愛関係になると、まずケーキをごちそうしてもらいます。ケーキはお寿司やフランス料理や焼肉よりずっとお手軽で、重たくなくて面倒くさくなくて、どうにでもなるかわいくてちっぽけな存在だからです。
好きな男性にかわいくてちっぽけなものをごちそうしてもらって喜んでいるわたしは、ケーキのようにかわいくてちっぽけに見えていると信じていたかった。ケーキみたいにあなたの隣で笑っているのは、いつも楽しくて幸せで楽ちんだ。帰ってきて真夜中の部屋で嫉妬と怒りと悲しみに胸がどろどろになっていても、あなたの目の前に立つときは砂糖細工でデコレーションされたケーキだと思われていたかった。
そう、どうにでもなる、かわいくてちっぽけな存在に。

この歌集の連作は、砂糖細工でデコレーションされたケーキをひとつずつフォークでずたずたにするように作りました。

真実とか誠意とか、お金とか地位とか能力とか体力とかで世界は成り立っていて、ケーキがなくてもわたしたちは生きていけるけれど、ケーキがない世界よりケーキがある世界をわたしは選びたいと思います。なぜってケーキはかわいいから。かわいくちっぽけなケーキたちは真夜中のショーケースで、フォークをつき刺してくるわたしたちへの反撃を、ささやきあっているはずだから。

野口あや子

初出一覧

携帯電話　「短歌研究」平成二十四年八月号

マスカラ　「短歌研究」平成二十四年十一月号

おしゃれキャット　「短歌研究」平成二十五年三月号

ミシン　「短歌研究」平成二十五年六月号

ギター　「短歌研究」平成二十五年九月号

睡眠薬　書き下ろし

スケバン刑事　「短歌研究」平成二十六年一月号

ポカリスエット——師・加藤治郎へのオマージュ
「短歌研究」平成二十六年四月号

風呂敷　「短歌研究」平成二十六年七月号

検印
省略

平成二十七年五月二十三日　印刷発行

歌集　かなしき玩具譚

定価　本体一八〇〇円
（税別）

著者　野口《のぐち》あや子《こ》
発行者　堀山和子
発行所　短歌研究社
郵便番号一一二－〇〇一三
東京都文京区音羽一－一七－一四　音羽YKビル
電話〇三（三九四四）四八二二・四八三三
振替〇〇一九〇－九－二四三七五番
印刷者　豊国印刷
製本者　牧製本

ISBN 978-4-86272-456-4 C0092 ¥1800E